Mᵐᵉ CLÉMENTINE LOUANT (¹)

—

PAUVRE GERMAINE !

(NOUVELLE)

—

(¹) Née à Charleroi.

PAUVRE GERMAINE !

Mars. — La séparation éternelle est irrévocablement accomplie : ma mère est entrée dans la paix du tombeau !

Depuis ce matin, elle repose dans l'humble cimetière du village, aux côtés du père de ma sœur : la mort, plus clémente que la vie, les a rapprochés.

La triste journée finie, nous nous sommes trouvés réunis tous trois, Jacques, Jeanne et moi, dans le petit salon où chaque meuble, chaque objet nous parlait de l'absente : le dernier livre lu, fermé avant la dernière page ; la couture commencée ; l'oiseau favori, oublié et silencieux.

Longtemps muets, nous avons mêlé nos larmes ; c'est moi, qui perds tout, et c'est moi qui, la première, ai dû les sécher ; ma petite sœur est trop jeune pour de si grandes douleurs.

Pauvre Jeanne ! elle n'a plus que moi désormais : longtemps désirée, née tardivement d'un second mariage, — mariage qui n'avait pas apporté le bonheur qu'il promettait, — l'enfant paya pour le père ; elle fut l'ange consolateur, l'ange du pardon et de l'oubli, la joie des dernières années. Elle fut aussi la suprême et dernière inquiétude de ma mère :

— Germaine, me disait la mourante, je te donne ma fille, je te confie ta sœur et je meurs sûre de son bonheur. Je n'ai aucun souci pour toi : tu es riche, tu es belle, tu es aimée et Jacques est digne de toi ; mais elle est sans beauté et sans fortune. Quelle serait ma douleur si je n'avais pas confiance, si je ne croyais en toi !

Agenouillée près de son lit, mes lèvres collées sur sa main, que mes baisers ne réchauffaient plus, je ne pouvais répondre ; mais elle me comprenait sans paroles, et ses yeux ne quittaient plus les miens ; Jeanne entra, ma mère fit un effort pour lui tendre les bras, et son âme s'envola dans ce dernier élan ! O mort ! que ta loi est cruelle !

----

12 *Avril.* — La nature est en fête ; le printemps s'épanouit sur les tombes et n'a nul souci de nos douleurs.

C'est un bien, sans doute ; ce renouveau est un présage d'espérance ; mais que me font les beautés de la nature sans celle qui me les faisait aimer ! Sans elle, la disparue, qui a ouvert mon esprit aux choses de l'intelligence ; mes yeux aux beautés de la terre et du ciel; mon cœur à tout ce qui est bon et à tout ce qui souffre : mon âme est pleine d'une inexprimable tristesse.

———

20 Avril. — Ma douleur est égoïste; je suis aujourd'hui chargée de mille soucis d'affaires ; il me faut du courage, car j'ai charge d'âme; il faut songer à notre avenir, à l'avenir de Jeanne, qu'il convient d'assurer, quoique Jacques et moi, soyons bien décidés à la traiter comme une sœur aimée.

Ce matin, nous sommes convenus qu'elle ne rentrerait pas en pension : je vais la garder près de moi et je l'aiderai dans ses études; je me ferai un bonheur d'être son institutrice, son amie et sa mère ; j'accomplirai le vœu que j'ai fait au lit de mort de la bien-aimée qui me l'a donnée pour me rattacher à la vie, au devoir.

———

Mai. — Nous nous marierons après les premiers mois de notre deuil. Jacques ne quittera pas la maison qui fut sa vraie maison paternelle et qui m'appartient. Il vient de passer son dernier examen, il est médecin et rien ne nous séparera plus.

Destinés l'un à l'autre de tout temps, nous sommes habitués à l'idée de nous appartenir ; quand on parlait à ma mère d'un parti avantageux pour moi, elle disait : A qui donnerais-je Germaine dont je fusse plus sûre !

Aujourd'hui, il convient de rapprocher l'époque de notre mariage, nous ne pouvons rester seules, Jeanne et moi ; Jacques s'établira ici et se créera facilement une clientèle dans la ville voisine. Je suis heureuse de lui apporter une fortune indépendante que m'a léguée mon père, et qui lui permettra d'attendre et de choisir, de n'exercer son art, s'il le désire, que par dévouement, ou s'il le veut, afin d'apporter sa part d'aisance à notre ménage.

Notre ménage ! quel joli mot ! il m'ouvre sur l'avenir une perspective riante qu'il me semble découvrir pour la première fois ; il est plein de choses miroitantes et douces qui défilent devant mes yeux charmés : tableaux adorables où je vois toujours les deux mêmes personnages, marchant dans la vie, appuyés l'un sur l'autre, seuls tous deux, dans la foule et dans la solitude, comme si le monde leur appartenait. Je ferme les yeux pour suivre plus longtemps la douce vision ; je me sens des ailes, il me semble être cette princesse des contes de fée qui marchait sur des roses sans les froisser.

Ma Jeanne est sans fortune, mais elle l'ignore et je suis assez riche pour qu'elle l'ignore toujours.

Elle devient charmante, ma mignonne Jeanne, contre toute prévision; Jacques, qui ne l'avait pas vue depuis près d'un an, l'a trouvée grandement changée ; il l'avait quittée maigre et chétive, les cheveux d'un blond trop pâle, le teint gris et sans éclat : elle a beaucoup grandi, mince et élancée, elle a la démarche souple et légère, d'une jeune déesse ; ses cheveux, frisés sur le front en boucles serrées, semblent lui faire une couronne ; elle a d'admirables yeux du brun clair des noisettes mûres, dont le regard largement ouvert laisse lire jusqu'au fond de l'âme.

Je suis brune et j'ai des yeux bleus, ce qui faisait dire à ma mère qu'elle s'était trompée en donnant ces yeux bruns à ma blonde Jeanne et en m'en donnant des bleus, qui font un effet étrange avec mon teint très brun.

Nous n'avons, du reste, rien de commun, ni au moral, ni au physique ; ma sœur a hérité de la nature vive et ardente de son père ; j'ai gardé, de ma mère, un sérieux, une sorte de faiblesse un peu paresseuse et un peu triste.

Je me trompe, nous avons un point que je crois commun : nous nous aimons tendrement ; son bonheur m'est plus cher que le mien ; sa santé m'inquiète plus que la mienne ; je suis un peu sa mère, j'ai dix ans de plus qu'elle.

Jeanne est la gaîté en personne, elle est faite pour le rire ; le chagrin n'a aucune prise sur elle, il glisse sur son cœur comme la pluie sur les ailes de l'oiseau. Elle a la faculté rare de saisir toujours le bon côté des choses, au contraire de cette sotte Germaine, que tout inquiète, qu'un rien fait pleurer, parfois même les choses gaies.

Jacques reproche à Jeanne cette insouciante gaîté, ce trop grand plaisir à exercer son esprit aux dépens des autres ; car elle a le don, très rare en notre pays, du mot juste ; mais aussi l'habitude du mot vif et piquant.

Ce genre d'esprit m'est, de tous points, antipathique, et il déplaît à Jacques, car sans que Jeanne semble s'en apercevoir, je vois, au froncement de ses sourcils, à son silence subit, que Jacques désapprouve une liberté de langage qui pourrait devenir un défaut grave.

Ce n'est pas pour nous que je crains ; nous savons combien elle est bonne au fond ; mais je voudrais la voir aimée de tous ; je voudrais qu'aucune ombre ne déparât sa radieuse beauté.

Juin. — Nous passons de longues journées dans les bois et les champs ; j'adore les bois, leur mélancolie, leur silence ; je m'attarde souvent le long des sentiers à rassembler dans ma main quelque mousse superbe ou quelque fleurette ignorée et charmante, pendant que Jacques, secouant la fatigue de ses derniers mois d'études, s'élance avec Jeanne ; je les vois courir à perdre haleine, sauter les ruisseaux, escalader les talus ; je les entends rire et parfois se quereller comme autrefois ; alors Jeanne boude, et tandis qu'elle marche devant nous frappant le chemin du talon de sa bottine, Jacques me revient, et je lui montre ma récolte ; nous admirons ensemble les merveilles de la flore de nos bois, et la promenade s'achève dans une causerie pleine de charme.

Cet amour que j'éprouve pour les bois, fait l'objet de fréquentes discussions. Jeanne et Jacques préfèrent la mer, les plages de sable gris, l'odeur saline de l'air, les grands horizons. Certes, j'admire la mer et m'enthousiasme à ses spectacles grandioses, mais mon admiration est toute platonique, je ne l'aime pas. Je ne m'explique pas moi-même pourquoi je n'éprouve en face de son immensité que de l'admiration, sans amour, et pourquoi mon affection pour les bois est si exclusive. Peut-être ce goût m'est-il resté de mes souvenirs d'enfance, de mes longues vacances, des convalescences de ma frêle santé, passées dans un pays boisé, à un âge où les impressions sont si profondes, qu'elles dominent souvent tout ce qui, plus tard, passe sur notre cœur.

Juillet. — Nous passons nos soirées au jardin, au pied de la terrasse dont les quelques marches sont vivement éclairées par la lune.

Les soirs sont délicieux, doux et frais après la chaleur du jour. Le crépuscule descend lentement, les lointains se voilent ; quand les clochettes des troupeaux ont cessé de se faire entendre et que les querelles d'oiseaux se sont apaisées dans les branches, un silense profond s'étend sur la campagne ; pendant longtemps aucun de nous ne le trouble : Jeanne imprime au hamac, dans lequel elle s'est couchée, un insensible mouvement de balançoire et la lune dessine nettement nos ombres sur le sable ; ma chaise-longue et celle de Jacques ne forment qu'un groupe ; devant nous le hamac va et vient et ressemble au berceau d'un enfant endormi, qui garde encore l'élan que lui a donné sa mère.

C'est l'image de notre vie, nous sommes tous deux occupés d'elle, nous serons deux à veiller sur elle ; elle dort ou elle rêve, les yeux fermés, et moi, les sentant tous deux si près de moi, je suis heureuse.

Un proverbe dit : Ne cherche pas le bonheur au dehors de ce que peuvent enfermer tes deux bras.

Ce bonheur facile est celui de mon choix et je n'ai aucun désir d'en demander davantage à des événements extraordinaires.

Ma vie est ici, dans cette maison où plane le cher souvenir de ma mère; dans ce pays dont le moindre site nous rappelle notre enfance et notre amour; parmi les paysans qui nous aiment et à peu de distance de la grande ville, qui offrira à Jacques des distractions salutaires.

———

Juillet. — Nous sommes allés, hier, à la ferme de Haut-Mont, souper de laitage et de fruits. C'est une promenade charmante, d'une lieue à peine, dont une partie en forêt.

Nous connaissons de longue date la fermière de Haut-Mont; sa maison était le but ordinaire des promenades de ma mère. J'y ai souvent joué, enfant, pendant qu'elle brodait ou lisait, assise à l'ombre des tilleuls parfumés, causant parfois avec la fermière dont la destinée, toute de chagrin, l'intéressait.

Le second mariage de ma mère n'avait pas été heureux; une communauté de destinée avait rapproché les deux femmes, de conditions différentes, mais pareilles par la grandeur d'âme sous les apparences les plus modestes.

La fermière fut si heureuse de revoir Jeanne! elle ne cessait de la regarder aller et venir, légère comme un oiseau, et, son chagrin endormi, rire de tout son cœur en rassemblant autour d'elle le troupeau des poules de la ferme.

— Elle sera heureuse, allez, la mignonne demoiselle, disait la bonne femme, tout en elle annonce la joie de vivre et appelle le bonheur; mais vous, Mlle Germaine, vous êtes comme votre maman, la chère dame, vous êtes trop triste, vous lui faites peur. Ne vous laissez pas aller à ce penchant, il faut non-seulement avoir du courage dans la vie, mais il faut encore avoir le courage gai.

Je fais peur au bonheur! Je suis, il est vrai, sérieuse et mélancolique, mais je dois remonter bien loin dans ma mémoire pour y trouver autre chose que des tristesses; tout est grave dans mon passé : je me revois, toute jeune fille, après la mort de mon père, accompagnant ma mère en deuil. Je revois les longues années de solitude qui suivirent, dans la maison silencieuse où ma jeune gaîté n'osait éclore que pendant les trop courtes vacances de Jacques.

Plus tard, vint le second mariage de ma mère, bientôt plus triste que la solitude; mais alors la naissance de Jeanne éclaira notre vie; l'enfant prit tous nos instants; je m'épanouis enfin et déversai sur elle les forces vives de mon cœur, je fus sa sœur et sa mère, car la nôtre ne se remit jamais complètement de la crise qui l'avait amenée dans la vie.

Je fus heureuse alors, mais un bonheur au-dessus de mon

âge ; j'eus les joies et les inquiétudes des mères au lendemain du jour où j'abandonnai mes poupées ; mais vienne enfin le bonheur et je lui ferai bon accueil ; il y a, dans le fond de mon âme, des voix mystérieuses et inconnues, un appel vers des joies que j'ignore, que j'espère et que j'attends.

A la ferme, le bon lait, les fruits, le pain frais étaient servis au salon. Il amuse tant Jeanne, ce salon, avec ses arabesques de sable dessinés sur son carrelage rouge; ses rideaux toujours fraichement lavés et largement teintés de bleu ; ses images naïves pieusement encadrées ; sa pendule de zinc qu'accompagnent deux gros bouquets de fleurs en papier sous des cylindres de verre ; et, surmontant le tout, son vieux crucifix de cuivre soigneusement récuré.

Moi, je l'aimais avec mélancolie, ce salon familier à mon enfance. J'y cherchais l'empreinte des pas de ma mère sur le sable qui couvrait le sol ; je soulevais, comme elle le faisai , un coin du rideau, pour voir au dehors ; je regardais avec un respect attendri ce Christ vers lequel je l'avais si souvent vue lever ses doux yeux.

Comme nous cheminions côte à côte, au retour, Jacques me dit en me montrant Jeanne qui marchait devant nous :

— Ce rire perpétuel m'impatiente; Jeanne n'a pas de cœur; on ne rit pas toujours de tout.

— Tu la méconnais, mon bon Jacques, lui dis-je, sois indulgent pour sa jeunesse, elle n'a connu que la joie, elle n'a vécu jusqu'ici que pour être aimée, que pour se faire gâter ; son père ne s'adoucissait que pour elle, ma mère ne l'a jamais grondée.

— Elle ne réfléchit pas, elle ne saisit des choses que le côté frivole; des gens, que le côté comique ou ridicule; ne la gâte plus, toi, ma chère Germaine, ta faiblesse en ferait la plus détestable des créatures.

— Tu es sévère, laisse-la être heureuse à sa guise, le temps vient assez vite où nous avons envie de pleurer de tout.

— Je voudrais la voir occupée de quelque travail, tu n'es jamais oisive, et elle promène partout son oisiveté.

Ce que me dit Jacques m'attriste ; j'aime la gaieté de Jeanne, elle m'est nécessaire, et je ne crois pas qu'elle nuise à la bonté de son cœur ; je n'ai jamais trouvé Jacques aussi sévère ; c'est moi sans doute qui ne suis pas raisonnable.

Cependant, ce soir, j'ai essayé de causer sérieusement avec ma sœur, de la décider à entreprendre une étude sérieuse, un travail, qui remplisse ses longues heures de désœuvrement.

— Ma chère mignonne, lui disais-je, le travail est la loi de la vie, et pour qui s'est habitué à l'aimer, il est plus un plaisir qu'un devoir. Si tu savais combien je lui dois de bonnes heures ! Notre mère détestait les mains oisives et elle ne pardonnait à une chose d'être inutile que si elle était très belle, ce qui est aussi une manière d'être utile.

— Et moi, me dit-elle en riant, ne suis-je donc pas très belle et par conséquent très utile ? Regarde, ma sévère Germaine, et elle mettait en pleine lumière sa jolie figure, ses doux yeux, son gai sourire.

— Allons, Jeanne, sois sérieuse...

Elle m'a interrompue en m'embrassant et me faisant toutes les promesses que je voulais, mais j'ai prononcé le nom de Jacques, alors elle s'est fâchée et j'ai reperdu tout le terrain que j'avais gagné :

— Ah ! c'est lui, j'aurais dû m'en douter, s'est-elle écriée, d'un ton mauvais, qu'est-ce que cela lui fait ? Je ne tiens pas à lui plaire ; il est déjà bien assez ennuyeux sans m'imposer sa manière de vivre.

Puis, sans que je comprisse rien à sa colère subite, elle s'est enfuie en chantant. Je l'ai entendue monter l'escalier et fermer, avec bruit, la porte de sa chambre.

Août. — Le petit nuage qui obscurcissait notre ciel, ces jours derniers, est dissipé. Jeanne est très vive et s'emporte aisément, mais elle revient avec tant de grâce ! Peut-on lui en vouloir de ne pas prendre la vie encore trop sérieusement ? En grande sœur indulgente, je ne veux pas effaroucher sa gaité ; j'éprouve une sorte d'admiration devant cette faculté charmante qu'ont les enfants de ne voir de la vie que ses bons côtés ; c'est une espèce de bravoure dont je ne suis pas capable. La bonne humeur constante de Jeanne, sa gaité exubérante est irrésistible, et en faveur de ce don précieux, je suis toujours prête à tout céder à ma mignonne.

Contre mon attente d'ailleurs, elle paraît vouloir se soumettre au désir de Jacques ; ce matin elle lui a demandé conseil sur le choix d'un site qu'elle veut dessiner ; notre jardin a des échappées de vue très pittoresques sur la campagne et sur les bois ; guidée par notre ami, elle s'est installée, avec son album et ses crayons, dans l'ombre que projettent, sur une pente gazonnée, les branches énormes d'un peuplier-tremble ; elle travaille avec application.

— Puisque je dois me taire et rester immobile, a-t-elle dit, au moins j'entendrai ce peuplier bavard. Si Jacques le permet toutefois, a-t-elle ajouté avec une moue comique.

Elle a voulu aussi que nous ne perdissions pas de vue, et nous nous installons à quelque distance : j'achève une broderie commencée pour l'église du village ; Jacques ferme son livre et s'assied près de moi, je suis heureuse de causer avec lui.

J'ai tant de choses à lui dire, et depuis que je suis la maîtresse absolue, je suis timide et hésitante ; je remets de jour en jour les entretiens sérieux. Puis, nous ne sommes jamais seuls, je voudrais que Jacques me reparlât le premier de notre mariage ; mais gagnés tous deux par le charme poétique des choses qui nous entourent, nous restons silencieux.

Devant nous, par une éclaircie des arbres du jardin, nous voyons la plaine où commence la fenaison, nous entendons la chanson des faneuses qu'accompagne le clapotis, que fait sur les cailloux l'eau d'un ruisseau voisin.

C'est étonnant combien les choses les plus simples sont parfois difficiles à exécuter ; Jacques ne m'aide pas et je ne trouve pas les mots qui devraient traduire ma pensée :

— Jacques, murmurai-je enfin...

Il s'est penché vers moi. Mais alors Jeanne s'est levée, et jetant sur l'herbe, son album et ses crayons, elle est venue à nous :

— C'est assez de sagesse pour aujourd'hui, s'est-elle écriée.

— Tu crains de tout dépenser en une fois, à dit Jacques en riant.

— Viens, Germaine, je vais te faire un grand plaisir, j'ai trouvé un nouveau nid de fauvettes.

Et il a fallu aller voir sa trouvaille.

Dans un creux que formait, contre le mur, une souche du vieux lierre, repliée sur elle-même, selon le caprice de celui qui l'avait dirigée quand elle était jeune et souple, nous vîmes un tout petit nid de fauvettes grises, fait d'herbe sèche et tapissé, à l'intérieur, de plumes, de filaments, de débris, recueillis partout ; les plus doux qu'avaient pu trouver les intelligents petits êtres qui devaient y loger leur intéressant ménage ; quatre créatures informes, à peine emplumées, y étaient entassées les unes sur les autres ; quatre becs largement fendus et ourlés de jaune clair s'ouvraient tous ensemble en criant, quand le père ou la mère arrivait et distribuait impartialement le contenu d'un très long bec tout garni d'insectes : mouches, moucherons, cousins et papillons dont les ailes palpitaient des deux côtés ; puis les becs se refermaient, attendant une nouvelle aubaine.

Nous nous éloignâmes pour laisser en paix l'heureuse famille. Jeanne reprit ses crayons et me retint près d'elle — pour te demander conseil, me dit-elle.

---

30 Août. — J'aime la simplicité de notre vie ; ma maison est même un peu sévère, nous recevons peu, car ma mère n'aimait ni le monde ni les réceptions, elle m'a formée à ses goûts.

J'ai, à ce sujet, de fréquentes petites guerres à soutenir contre Jeanne et même contre Jacques, tous deux s'entendent pour aimer le bruit, le mouvement, le monde... Ils voudraient voyager ; sortir de ce trou, dit Jeanne, où tu t'enterres comme une vieille fille.

Une vieille fille ; oui vraiment, j'ai vingt-six ans aussi et et ma petite sœur pourrait dire vrai, mais vienne le printemps prochain...

Je pense à la chrysalide dont l'enveloppe grise retient le papillon prisonnier.

———

Septembre. — Le dimanche, quand nous allons à la messe du village, Jeanne est l'objet de tous les regards ; je vois avec orgueil combien on la trouve jolie.

Les beaux Messieurs des châteaux voisins s'empressent sur notre passage ; c'est à qui, à l'entrée, nous offrira l'eau bénite pour avoir l'occasion de toucher le bout de ses doigts. Elle pourra choisir le mari qu'elle voudra, quand elle sera en âge d'être mariée.

On nous sait riches, ce qui ne gâte rien ; cela me permettrait d'en faire une ravissante comtesse ou une jolie baronne. Les mères déjà nous font mille avances ; mais je serai très difficile pour elle : elle aime le monde et elle y tiendra bien sa place ; de ce côté, je puis la satisfaire ; cependant, je ne la donnerai qu'à l'homme dont je serai sûre, à celui qui la méritera et me répondra de son bonheur.

Notre voisin le baron de Vestel me plairait ; quel dommage qu'il paie si peu de mine ! Il faut être une vieille femme, comme moi, pour chercher et aimer à découvrir les générosités et les délicatesses de cet esprit charmant, qui enferme ses trésors comme un avare. Il a une mère adorable qu'il n'a jamais quittée, et qu'on serait si heureuse d'aimer ! Il n'est pas riche, ce qui n'est pas un obstacle, au contraire.

Ah ! si Jeanne voulait ! mais elle est si jeune et ce n'est pas le privilège de la jeunesse d'être touchée des mérites cachés ; elle juge d'abord avec les yeux.

J'essaierai cependant de les rapprocher. L'aimable baronne est venue à nous, à la sortie de l'église, et m'a beaucoup priée de faire, en sa faveur, une exception à la retraite que nous impose notre deuil.

Le jeune baron, respectueusement attentif, regardait Jeanne avec admiration.

— Elle est fraîche comme une fleur, cette belle enfant, me disait, tout bas, sa mère.

— Et bonne aussi, Madame, ce qui vaut mieux.

— Comme vous, alors, mademoiselle Germaine.

— Oh ! Madame !

— Allons, c'est promis, vous viendrez, n'est-ce pas !

Il fallait bien promettre et je promis. Ce sera une distraction pour Jeanne, pensais-je, et peut-être....

Quand la baronne et son fils nous eurent quittées :

— Comment as-tu trouvé le baron de Vestel, mignonne !

— Mais, je ne l'ai pas trouvé du tout, sœur, dit la malicieuse, il se dérobait.

Tiens-tu à ce que je le découvre ! Je te le promets pour la prochaine rencontre.

— La femme qu'il choisira sera une heureuse femme ; sa mère est une heureuse mère, et c'est un présage.

Jeanne feignit de ne pas comprendre, mais elle avait compris, car ses joues avaient rougi, et elle s'était détournée pour me le cacher.

Elle resta songeuse, et moi je la voyais, dans un avenir prochain, l'heureuse compagne d'un homme supérieur dont le passé me répondait de l'avenir.

Septembre. — Il pleuvait ce matin, la pluie à la campagne a un charme d'une mélancolie inexprimable. Elle tombait fine et douce, sans bruit, remplissant les lointains d'un voile bleuâtre ; estompant les contours, unissant d'une ligne invisible la terre au ciel. Ce n'est pas la pluie triste et fangeuse des villes, ici elle brille sur les feuillées et efface toute souillure ; elle attache à chaque pétale une perle irisée ; elle exhale les parfums de l'herbe et des fleurs et nous apporte du bois voisin d'exquises senteurs.

A midi, un gai rayon a percé le nuage, et je suis allée voir mes roses qui refleurissent pour la seconde fois ; elles n'avaient pas eu ma visite ordinaire du matin ; je savais que la Gloire de Dijon devait ouvrir de nouveaux boutons et que ma blanche Madame Hardy serait complètement épanouie dans sa collerette de mousse. J'y suis courue seule sans attendre que les sentiers soient séchés.

Que Dieu soit béni, qui crée ces merveilles pour la fête de nos yeux !

— Mam'selle Germaine, crie une petite voix aigrelette de l'autre côté de la haie.

Ce sont les enfants du village, à qui je donne parfois des fleurs ; ils m'ont vue dans les rosiers. Je les fais entrer et leur remplis les bras de branches fleuries en leur faisant admirer les couleurs, le parfum des roses, les gouttes d'eau dont elles sont encore couvertes.

En revenant, je trouvai Jacques lisant sur un banc adossé

à la maison; au-dessus de lui, à la fenêtre de l'étage, Jeanne s'amusait à effeuiller et à jeter sur son livre et dans ses cheveux, les marguerites d'un bouquet qu'elle avait mis le matin à sa ceinture.

Elle rougit en me voyant et s'écria avec vivacité, confuse d'être surprise en flagrant délit d'enfantillage :

— Tu es étonnante, ma chère Germaine, tu te laisses prendre les mains par ces marmots mal lavés et tu t'imagines qu'ils comprennent la beauté de tes roses; ils aimeraient bien mieux que tu leur donnes quelques sous.

— Peut-être, Jeannette, mais je crois que rien n'est perdu de ce qui éclaire l'intelligence et qu'ils se souviendront tôt ou tard de mes leçons; j'ignorais que tu fusses là, moqueuse.

— Germaine est l'amie des humbles, dit Jacques sérieux, avec un bon regard.

Septembre. — L'automne s'annonce précoce; hier, dans l'allée du jardin, une feuille de peuplier déjà jaunie est tombée à nos pieds avec un petit bruit sec; c'est la première de cette année.

— La carte de visite de l'hiver, s'est écriée Jeanne, et elle l'a cérémonieusement ramassée.

Septembre. — Les soirées déjà fraîches nous réunissent le soir, autour de la lampe de mon petit salon. Jeanne feuillette des albums; Jacques nous explique quelque nouveauté de la science, quelqu'une de ces merveilleuses découvertes de l'esprit humain, sans cesse en progrès. Ces questions m'intéressent au plus haut point; Jacques parle bien, il est clair et concis, et je comprends, quand il nous les explique, les choses les plus ardues.

Jeanne aussi écoute attentivement, les yeux souvent baissés sur un dessin de son album, et alors la lumière douce de la lampe tombe sur sa joue fraîche comme les pétales du camélia, et sur laquelle de longs cils projettent leur ombre. La délicatesse veloutée de son teint fait songer au duvet de la pêche, ou à cette vapeur bleue qui couvre certains fruits; image charmante de la pureté de ces âmes de jeunes vierges qui, s'ignorant elles-mêmes, s'offrent candidement à notre admiration. Inconscientes de la puissance d'attraction qui émane d'elles, elles sont les merveilles et le chef-d'œuvre de la création.

Qui ne les aimerait dans la radieuse éclosion de leur âme en fleur, ces jeunes filles qui croient au bonheur, à la vie, à l'amour? et quelle âme réfléchie ne les plaindrait en songeant que ces croyances sont fragiles comme la fleur de leur beauté!

Je fais un retour sur moi-même et je remercie Dieu, dans mon cœur, qui, après les tristesses, m'a laissé entières la foi et l'espérance dans l'amour.

Quand Jeanne lève sur nous son beau regard brun aussitôt abaissé, tandis qu'un gai sourire entr'ouvre sa lèvre, nous subissons tous deux l'influence de cette chose divine qui s'appelle la beauté; et si, en ce moment, Jacques la regarde de ses yeux adoucis, je comprends qu'il lui pardonne ses petits défauts.

En même temps que semble se révéler à nous cette radieuse beauté, je me vois moi-même dans la glace qui me fait face et à laquelle Jeanne tourne le dos. Quelle différence, ma pauvre Germaine! ces cheveux noirs lissés en bandeaux épais et lourds, ce teint presque brun, ces yeux d'un bleu trop foncé et largement bistrés, cette bouche sévère... Et ma mère qui me trouvait belle! Que dirait-elle si elle voyait sa Jeannette!

———

Fin Août. — Ce matin, Jeanne me disait :

— Nous sommes très riches, n'est-ce pas, ma sœur?

Jeanne dit si gentiment : ma sœur, quand elle a une demande à m'adresser, un désir à m'exprimer!

— Oh! très riches n'est pas tout à fait exact, cependant si tu veux de l'argent, j'en ai; tu as envie d'acheter un bijou, un livre?

— Non, non, rien de tout cela; je veux quelque chose de plus difficile, étant donnée la Germaine que tu es, et cependant, je t'aimerais tant si tu voulais...

— C'est donc une merveille? un objet d'art? un oiseau rare? ton portrait, peut-être, dis-je en la regardant avec un sourire.

Elle était vêtue d'une robe de laine blanche légère, serrée à la taille par un ruban noir; j'avais permis cet adoucissement à nos lourds vêtements de deuil; quoique je les eusse moi-même gardés, il me semblait cruel d'ensevelir sa jeunesse dans ce grêpe noir et ces voiles.

— Non, non, tu n'y es pas, je veux... un cheval. Et très vite, pour ne pas me donner le temps de répondre :

— Jacques me donnera des leçons d'équitation, il devra avoir un cheval pour ses courses dans les villages voisins; tu auras la voiture pour toi seule; j'ai soif de mouvement et son bercement m'endort; tu seras la princesse et nous chevaucherons à tes côtés.

— Alors, c'est un complot !

— Dis oui, sœur chérie.

— Je ne te refuse pas, laisse-moi le temps de réfléchir : regarde, voici, à la grille, notre bon curé, qui vient nous faire visite, je vais le recevoir.

— Et moi, je me sauve, on va être sérieux, dit la petite folle avec un éclat de rire, et elle rejoignit, en courant, Jacques occupé à tondre la grande pelouse.

J'allai à la grille recevoir le curé du village. C'était un bon vieux prêtre en cheveux blancs, à la physionomie ouverte et gaie, l'ami de ma mère et le mien. Pendant qu'il s'essuyait le front de son grand mouchoir de coton, à dessins quadrillés de rouge et de bleu, je lui installai, près du mien, un fauteuil de jonc tressé et sonnai pour qu'on lui servît la tasse de café qu'il aime.

— Vous lisiez, Germaine, me dit-il, en prenant le livre que j'avais abandonné, et les enfants jardinent, à ce que je vois.

Et il répondit par un affectueux bonjour au salut de Jacques et de ma sœur.

Y a-t-il des malades au village, Monsieur le curé? Voici Jacques revenu pour de bon, il vous sera d'un grand secours...

— A quand le mariage, alors? interrompit-il, en regardant du coin de l'œil, Jacques qui, après avoir soulevé son large chapeau de paille, s'était remis au travail.

Jeanne, armée d'un râteau, mettait en tas, derrière lui, l'herbe que coupait la tondeuse.

J'évitai de répondre ; je n'osais dire que nous n'avions encore rien décidé.

— Hum, hum, dit encore le bon prêtre, en me regardant jusqu'à ce que je dusse baisser les yeux, je n'ai jamais vu Germaine irrésolue.

— Oh! non, pas irrésolue, Monsieur le curé, mais notre deuil est encore si récent et le deuil de mon cœur est toujours si grand !

— Hum, hum, reprit-il, je n'ai jamais vu Germaine chercher des raisons qui n'en sont pas.

Sentant la vérité de ses paroles, je ne répondis pas; il ajouta :

— Pensez que le temps marche, mon enfant, et qu'une chose décidée doit être faite.

Puis, voyant que ses paroles me rendaient plus sérieuse, il voulut me faire sourire :

— Je tiens à être bientôt sûr de mon médecin, Germaine, et je tiens à vous le devoir.

Il regardait ma sœur et Jacques, qui attendaient la fin de notre colloque pour s'approcher; il continua :

— C'est effrayant; ces fillettes, comme ça grandit! et quelle place cela prend si vite dans la vie. Il nous faut marcher, comme le Juif-Errant, marcher toujours; qui s'arrête est vite dépassé.

Nous fîmes ensemble la conduite au curé, il voulait sortir par la porte donnant sur les champs pour continuer sa tournée; il prit le bras de Jacques et se fit montrer nos vergers et les espérances de la récolte des pommes, la grande richesse de notre canton.

Nous traversâmes ensuite la grande prairie attenante au jardin et qui était animée par de pittoresques groupes de faneurs et de faneuses; les chariots, attelés de beaux bœufs blancs et roux, stationnaient, attendant la charge de foin savoureux dont les greniers s'emplissent pour la nourriture d'hiver du bétail.

— Bonjour, Monsieur le curé et la compagnie, criait-on de toutes parts, selon la formule en usage.

Quand le bon prêtre nous eut quittés, nous revînmes nous mêler aux faneurs, et pour assister au chargement et au départ des chariots, nous nous assîmes sur une meule dont l'herbe sèche sentait bon.

Jacques voulut aider les charretiers, et c'était plaisir de le voir enlever comme des paquets de plumes les bottes de foin et les lancer au sommet du chariot.

— C'est un vrai paysan, Monsieur Darcourt, disaient les moissonneurs.

Ces braves gens l'aiment et voient depuis longtemps en lui le maître futur, juste et généreux, pour le service duquel tout travail semblera facile.

Notre vieux curé paraissait craindre quelque danger que j'ignore; nous sommes entourés d'amis; les procédés de ma mère envers ces paysans, dont beaucoup dépendent de nous, nous assurent de leur dévouement; nos voisins de campagne savent que je suis promise à Jacques; mais Monsieur le curé a raison, il faut des situations nettes, et je ne tarderai pas plus longtemps.

Octobre. — Jacques m'a témoigné aujourd'hui le désir bien inattendu de voyager une partie de l'hiver, avant de s'installer définitivement ici. Il m'a donné de bonnes raisons, me semblait-il, il est un peu jeune, il devrait voir le monde, visiter les hôpitaux à l'étranger; ce soir je trouve ses raisons moins bonnes, elles sont si nouvelles! elles me causent une impression pénible que j'ai soigneusement cachée, je ne veux pas que ma souffrance détourne Jacques d'un projet auquel il semble tenir ; je n'ai jamais aimé à dire que je souffre, la douleur doit avoir sa pudeur.

Ce soir, devant ce cahier qui contient toutes mes pensées, le meilleur de moi-même, je me demande en vain le motif vrai, que je sens douloureux, sans le deviner.

Serait-ce Jeanne ?

Depuis quelque temps et malgré tous mes efforts, leurs rapports sont des plus difficiles : Jeanne est méchante et agressive et malgré une patience que je ne connaissais pas à Jacques, il paraît la supporter avec peine.

Si c'est cela, quoi que j'en dusse souffrir, mieux vaut qu'il parte ; une absence de quelques jours me livrera Jeanne plus docile ; je la connais, mais pourquoi ne m'en dit-il rien ? A deux nous trouverions plus aisément un remède à cet état de choses, pénible pour tous. Au contraire, une sorte de réserve, de froideur même, causée, sans doute, par la présence de Jeanne, règne entre nous. En son absence, je me ressaisirai et lui écrirai librement comme j'y suis habituée.

Je m'en veux, de cette timidité absurde qui m'a empêchée de provoquer une causerie à cœur ouvert ; ne suis-je donc pas sa fiancée, presque sa femme ? ne sent-il pas que je suis toute prête à prendre toutes les mesures qu'il voudra pour assurer son bonheur ?

———

Novembre. — Il y a déjà un mois que Jacques est parti. Quelles tristes heures nous passons, toutes deux, au coin du feu solitaire, dans le petit salon, où la lampe, que nous oublions, éclaire à peine nos robes de deuil !

L'hiver nous confine au logis ; au dehors la pluie bat les vitres avec violence, et ferme tout l'horizon, le vent siffle lugubrement dans les cheminées, sous les portes, par chaque fente, sa plainte lamentable.

Jeanne a perdu tout son entrain, il lui faut le soleil, comme aux fleurs ; elle est silencieuse et semble souffrante.

Quand nous parlons, le bruit de nos voix éveille les échos ; car ils sont endormis ; depuis des jours ils n'entendent plus le rire de ma petite sœur, ce joli rire, qui, du tintement de ses grelots d'argent, secouait les pensées moroses, et réveillait, dans la maison, la jeunesse et la vie.

— Quand il gélera, petite Jeanne, nous allons reprendre nos courses, nous irons à Haut-Mont. Tu te souviens combien la grande salle de la ferme est pittoresque, les soirs d'hiver, quand flambe, sous le manteau de l'immense cheminée, le tronc entier d'un vieil arbre, et qu'autour tout le personnel de la ferme s'occupe de travaux divers, au bruit de quelque chanson locale, d'une verve si caractéristique. Les femmes écossent les pois ou les fèves avec un bruit sec du craquement des cosses ; les hommes tressent la paille et le jonc qui deviendront des paniers et des corbeilles. Quand nous sommes là, la fermière apporte des noisettes que l'on croque à belles dents.

Te souviens-tu comme la salle enfumée est remplie de l'odeur indélébile du bois brûlé : mes souvenirs d'enfance en restent imprégnés, et aujourd'hui encore je l'aspire avec délice.

Quand je voyageais, toute jeune fille, avec mon père, je m'arrêtais parfois immobile, dans quelque chemin de campagne, parce que je sentais flotter dans l'air, venant de quelque hutte de charbonnier, cette odeur de bois qui me rappelait des jours de fête.

Car c'étaient des jours de fêtes, ces visites à la ferme de Haut-Mont, et je veux les retrouver avec toi, ma mignonne.

— Oui, sœur.

— Et on nous ramènera en traîneau, au clair de lune : cela t'amusera, n'est-ce pas ?

— Oui, sœur, beaucoup.

Et la causerie s'éteint sans que Jeanne s'aperçoive que je ne parle plus.

Le vent recommence sa triste chanson ; l'horloge laisse tomber chaque heure, avec une lenteur solennelle ; dans l'âtre la souche qui dort allume par intervalle de fantastiques lueurs, vertes et bleues qui s'exhalent, puis s'éteignent comme des feux-follets.

———

Décembre. — Depuis bien des jours, je n'ai plus écrit. Jeanne a été très malade et tout mon temps lui appartient. La chère ! que d'inquiétudes elle m'a causées ! Elle est encore très faible, mais le docteur la croit sauvée.

———

Décembre. — Aujourd'hui, je n'ai plus de sacrifice à lui faire ; je me suis donnée moi-même et elle sera heureuse.

Cette nuit, après un accès de fièvre qui l'avait comme anéantie, et pendant lequel elle avait plusieurs fois, mêlé le nom de Jacques au mien, je lui dis :

— Veux-tu le revoir, ma chérie ?

— Oh ! oui, me dit-elle, en entourant mon cou de ses bras et se serrant contre ma poitrine, rappelle-le, car s'il ne revient pas, je veux mourir.

Elle l'aimait !

— Tu l'aimes donc, ma chérie, notre Jacques ?

— Oh ! oui, depuis si longtemps ! Ne m'en veuille pas ;

j'ai voulu le haïr pour être sûre de ne pas l'aimer. Puis je t'ai vue si calme près de lui, si paisible dans ta gravité ordinaire, que je me suis persuadée que tu ne l'aimais pas comme moi.

Et elle se serra plus fort contre moi, en cachant sa figure dans mon cou, comme elle faisait dans sa petite enfance :

— Et lui, Jeanne, lui ? dis-je doucement avec un reste d'espoir.

Elle se dégagea et me montra, de la main, un coffret où elle serre ses petits bijoux. J'y courus et, sous l'ouate rose, je trouvai la lettre que voici :

« Eh bien, oui, Jeanne, je vous aime et je pars ; mais vous le savez, j'appartiens à Germaine, et quoique je la croie trop calme, trop grave pour éprouver un sentiment exalté, je me dois à notre passé, aux promesses échangées ; n'ayant jamais pensé à une autre femme, je croyais l'aimer autant qu'il est possible, mais ce que j'éprouve pour vous, m'a éclairé sur le véritable état de mon cœur. J'aime sa bonté, son esprit ; je l'aime avec respect, comme un être supérieur ; tandis que vous, Jeanne, je vous aime comme mon égale et comme on aime l'être qui réalise un idéal longtemps endormi au fond du cœur. »

Hélas ! égoïste que j'étais, je n'ai pas compris que dans la solitude où nous vivions à trois, l'éveil de ce jeune cœur était inévitable, et que ma sœur ne pouvait revoir Jacques et l'apprécier, sans l'aimer comme moi.

J'ai dit à Jeanne : Dépêche-toi de guérir, Jacques reviendra le jour où tu pourras aller l'attendre à la grille du jardin.

Elle a jeté un cri de joie, sans penser à moi ; amour égoïste et cruel, que fais-tu de nous !

Depuis, ses forces reviennent rapidement, je sens qu'elle veut vivre, et qu'elle attend de moi un complément de vie.

―――

15 *décembre*. — J'ai accompli mon sacrifice ; j'ai écrit longuement à Jacques, je lui ai tout dit et j'ai répondu à toutes ses objections ; quand il reviendra, aucune explication ne sera plus nécessaire entre nous.

Je pourrais les chasser, les maudire et m'ensevelir pour pleurer... et après ! Pauvre Germaine ! non, je veux être bénie de celle qui nous aimait toutes deux et qui m'a confié sa fille.

Oh ! certainement, mère, tu n'as pas prévu jusqu'où pouvait aller mon dévouement ; tu as cru que je la ferais riche, cette enfant, mais tu n'as pas pensé qu'elle placerait son bonheur dans l'amour de celui qui m'appartenait, et que pour t'obéir je briserais mon cœur.

Donne-moi le courage d'aller jusqu'au bout, d'oublier le rêve de toute ma vie et de ne pas haïr.

Jacques....

Un jour... à quoi bon, hélas !

Combien tout ce bonheur me semble loin de moi !

Mes yeux se sont ouverts. Je comprends maintenant la tristesse invincible qui pesait sur mon cœur dans ces derniers mois ; je croyais toujours pleurer ma mère et c'est sur moi que je pleurais.

Je me souviens, je me souviens... Jacques s'est défendu longtemps ; j'ai assisté, aveugle, à sa défaite, sans rien tenter pour le sauver...

———

Janvier. — Jacques est arrivé hier : il faisait un joli temps d'hiver, sec et brillant ; le jardin était jonché des fleurs virginales de la neige nouvelle ; le givre pendait aux branches en stalactites de cristal.

Jeanne est allée seule le recevoir à la grille du jardin ; de la fenêtre du salon, je la regardais marcher doucement, toute pâle encore, comme une fleur de neige aussi ; chaudement enveloppée d'un châle dont la blancheur encadrait sa jolie tête frisée, elle était adorablement jeune, et cependant comme empreinte d'une gravité nouvelle, dans ce paysage hivernal.

Je les voyais sans qu'ils me vissent ; toute défaillante, Jeanne s'est appuyée à la grille au moment où Jacques est descendu de voiture : il a couru vivement à elle et l'a soutenue de son bras ; j'ai fermé les yeux...

———

Fin Janvier. — A quoi bon te raconter ma vie, mon cher petit journal ? à quoi bon essayer avec toi d'analyser mes sentiments, de fixer mes rêves ?

Je sais aujourd'hui que tout ce que la vie contient de plus doux, c'est la pensée intime du devoir accompli, surtout quand ce devoir s'appelle sacrifice ; rien d'autre ne répond à notre attente et aux besoins de nos cœurs.

J'ai cru, un jour, que le bonheur était encore ailleurs : dans l'union de deux âmes et de deux existences, confondues en une seule pour la joie et pour la douleur.

Cette pensée, je dois la chasser comme une faiblesse.

L'espérance m'en a été si douce ! c'était peut-être la seule part à laquelle j'avais droit ; et la princesse qui marchait sur des roses, erre, désespérée, dans ses palais en ruine !

———

1ᵉʳ *Février.* — Je passe mes journées en courses et en démarches de toute espèce. J'ai voulu me charger seule de tous les détails matériels, à l'exclusion absolue de Jacques. Je leur échappe ainsi et je m'échappe à moi-même.

J'ai fait deux parts égales de ma fortune. Le notaire, vieil ami de mon père, voulait s'opposer à mes largesses, j'ai presque dû me fâcher.

J'ai choisi moi-même les bijoux et les dentelles de la corbeille de Jeanne, trouvant une âpre jouissance à la combler de toutes choses. Rien ne m'a paru trop beau pour elle.

En rentrant, le soir, dans ma chambre, je me suis agenouillée devant le portrait de ma mère et je lui ai dit : Est-ce bien ?

Quant à eux, je les vois à peine ; perdus dans leur amour, oublieux de tout ce qui n'est pas lui, ils s'aperçoivent à peine que je ne suis pas là.

Dans ma visite au vieux curé du village, je lui ai dit :

— Je comprends maintenant...

— Pauvre enfant, m'a-t-il répondu, la vie a d'inexorables cruautés.

J'ai voulu sourire :

— Non, non, mon enfant, a dit le bon prêtre, pleurez ; j'aime mieux vous voir pleurer.

Et je pleurai...

5 *Février*. — Ils sont mariés de ce matin... Le temps, qui va si vite, semble s'arrêter sur les jours douloureux...

En rentrant de l'église, Jeanne s'est jetée à mon cou, elle m'a dit mille choses folles et douces, comme en disent à leur mère les enfants heureux.

Je l'entendais à peine ; j'étais comme dans un rêve : pendant qu'elle me tenait embrassée, Jacques s'était doucement agenouillé, il a saisi ma main dans les siennes, et y appuyant ses lèvres avec ferveur, il a murmuré : Ma grande Germaine !

Ce soir, il sont partis pour l'Italie où ils achèveront l'hiver... Je suis horriblement lasse...

Nos invités partis, le salon, rempli de fleurs, inondé de lumière, s'est trouvé vide... enfin !

On entendait encore au loin un roulement de voiture. J'ai soulevé le lourd rideau et j'ai appuyé mon front contre la vitre froide ; au dehors, pas une étincelle... au ciel, pas une étoile... la nuit partout... la nuit profonde, obscure, infinie... comme dans ton cœur, pauvre Germaine !

CLÉMENTINE LOUANT.

Messageries de la Presse. BRUXELLES, 16, rue du Persil, 16.
Librairie Universelle. Paris, 41, rue de Seine, 41.
Direction : Bruxelles, 62, rue du Marteau, 62.

www.ingramcontent.com/pod-product-compliance
Lightning Source LLC
Chambersburg PA
CBHW062323070726
47596CB00009B/2684